청어詩人選 453

서용례 시집

하늘도 가끔은 구름밥을 먹는다

청어

하늘도 가끔은
구름밥을 먹는다

시인의 말

오늘도 스위치를 켠다
시에게

그리고
세상에 나갈 채비를 한다
회색에서
초록의 계절이 활짝 열리길…

2024년 여름 서용례

차례

2부   바람의 손목

3부 꽃은 필 뿐

4부 사람들 사이

해설

1부

빗물 콘서트

염전

바다에 떠돌던
나는
사람 사는 곳이 그리워
그리워서

눈물 한 방울까지

한 무더기
소금꽃으로 피워내

사람들 닫힌 문 힘껏 열어
바다를 한 아름 안겨주었습니다

빗물 콘서트

비가 내리는 길
빗물이 가는 길을 지우며
발자국마다 첫길을 내어주어요
좋아하는 햇살 기다려보려고
발매된 콘서트 시간을 적어 놓아요

그러나
사랑하는 천 년 나무를 기억해
고운 날 달아주고요
길을 지우며 가는 빗물의
사랑과, 박수가 콘서트장에 도착했나 봐요

살아온 고백이 숨이 차
빗물보다 더 진한 칵테일 마셔요
취하지 않는 마음이
빗물에 꽃등을 띄워요
가벼운 바람이 넘쳐나요

어느 봄날

쌔빠지게 살아온 아낙들의 웃음소리가
주민센터 앞마당 벚꽃처럼 피었다
무릎에서 물소리 난다고 정형외과
들락거리는 한 여사 물 한줄기 시원하게
빼서 강으로 보냈단다
나 잘했지 하는데
진통제가 깔깔 헛웃음 보탠다

밥그릇에 마음이 모자란다고
남편과의 자잘한 실랑이도
고운 눈썹에 심는 인연 속으로
밀어 넣을 줄 아는 아낙들

저승 가기 전 차표처럼 간직하려고
봉사라는 언어에 꽂힌
정 여사, 신 여사 등등
혈압 올라가는 붉은 얼굴로
알차게 배춧속을 넣는다
자갈길도 묵묵히 걸어
목단꽃처럼
자식들 세상에 내어놓고도

아직도 남은 걸까
손끝을 타고 오르는 라일락 향기
저 굽이로 돌아가는 둥근 어깨가
담쑥 안고 간다

외로워 마라

마음의 속을 겹겹이 비운
대나무 한 그루

별일 아니야

바람 세차게 불어도
아프다는 말도 못 꺼내고
첫사랑 떠난 시린 날들
몸속 없는 나이테로 감긴다

어디쯤일까
반의반 조금이라도 남은
저 빈 대나무 속울음
그 속을 걸어가 본다

아쉬움에 비운 그 자리에
슬픈 노랫말이 이명처럼 들리고
첫사랑 발자국이 옮겨 앉는다

손톱에 물든 봉숭아 물이
뚝뚝 떨어지는 소리에
어쩔 수 없이 흔들리는 붉은 꽃잎

담장 앞에 당당히 서리라
음률을 털어내는 저 댓잎 소리

별일 아니야

구절초

산비탈 새하얀 나비 떼가
노을 저편에
구름처럼 앉아있다

늦가을이면
어머니는 마당 한가운데
가마솥을 걸고
말린 구절초 한 아름 넣고 고았다
타닥타닥 타오르는 장작불 소리와
진한 구절초 향기가
집안 곳곳을 피워냈다

딸이 많은 우리 집은
몸을 따듯하게 해준다는
구절초 조청이 만병통치약이었던 시절
그래서일까
꽃말도 어머니의 사랑이다

뭇별처럼 피워 올린
하얀 꽃잎이 와르르 쏟아져
이불처럼 펼쳐져 있는 마당가
그 위로 철없는 네발나비 앉아 논다
당신의 전생처럼 환하다

목단꽃

시소가 올라갔다
목단꽃 그늘도 따라 올라갔다

오늘도 시간을 나누어 쓴다

맑음의 시간을 지나
어둠의 시간으로 내려온 시소
아이들을 봐달라는 딸
몇 번 마음의 준비를
토렴하듯 한다
부었다가 따랐다가
데워지지 않는 근심은
제 무게보다 점점 부풀어
기어코 시소가 내려갔다

삶의 일기를 비단천에 수놓고
햇살 가득 불러주고 싶은 마음

자주 고장 나는 몸이 시간이 필요하다고
준비된 말을 하는데도 목단꽃 잎처럼
마음이 자꾸만 하르르 지고 있었다
바람에게 늦게 눈을 뜬 풀잎이
수줍게 나를 위로했다

딸아이들은 초등학생이다
다시 시작해야 하는 재취업의 길
따스한 햇볕이 목단꽃 안고
놀이터 시소 가운데 있다
팽팽한 시간 속에

대청호에서 반딧불이 만나다

빗방울도 없는 는개를 만나던 날
호수를 향해 날아드는 반딧불이가 보였다

마음의 욕심을 거둔 호수에 숨은 건
물속을 오래 걸어 다녀 발 부은
아청빛 하늘이었다

물을 밟고 건너가던 달도
제 옷자락이 젖을까 꼭꼭 말아 쥐지만
물속 깊이 흔들리는 빛줄기
대청호가 끌고 온 천 갈래 골짜기 숨소리다
나무들이 물속으로 기울어지는 이유다
제 숨구멍을 거기 두고 있어서다

허투루 물 한 바가지 버리지 않던 흰 머릿수건 덮은
우리들 엄니 같은 물억새들이
퍼질러 앉은 보름달 엉덩이를 밀어 올려주는 곳

아욱국에 간을 떨구던 뻐꾸기 울음소리에
굵어지던 감자알 같은 안부로
소나기도 함부로 대들지 않는 대청호
다부진 산맥들이 내민 안개를 끼고 산다

그 사이를 진술하듯
반딧불이 스윽, 슥 날아간다
는개 속 꽁무니 불을 켜고

안동에 가봤소

봄꽃들 소풍 가는 길 따라
연둣빛 채색으로 끝이 없는 들
실바람 따라 안동 고등어가
바다로 떠나고 싶어
절인 몸을 뒤척인다

댓돌 위에 놓여있는 흰 고무신
이황 유성룡의 갓을 눈빛으로 써보는
봄꽃들의 수다
여행 한 권이 완성된다

하회별신굿 놀이마당
조금은 헐렁하고 조금은 틈이 있는
각시와 선비의 살폿한 발걸음이
만송정 숲길로 숨어든다

안동에 가봤소
홍도화가 환한 봄날

사려니 숲

나무마다 연둣빛 이슬 촉촉하다
인연과 인연이 소통되어
밤새 별빛이 어루만져준
사랑의 언약이다

제주 사람들이 푸르고 투명하니
푸른 바다도 무릎 굽혀
섬김으로 받아주는 사려니 숲

눈물 차오르는 연모가
애틋이 피어나던 그 길
노을 타오른 듯
서로의 빛깔로 바라보는 곳

숲도 정갈한 목소리로
이야기꽃 피워
나무마다 키를 높이고

숲을 지나는 사람들
발길 오래 머물게 한다

해독할 시간이 필요해

바람이 심장을 들쑤셔 놓았지
숨결이 가빠져
미네랄이 가득한 제주 삼다수와
바람의 심장을 녹였지

뜨거운 쇳물이 일상의 시간에
붙여준 파스처럼 시원하게
노동의 대가로 주워진
온몸을 달궈도 구름 한 조각 떠 있는
세상이여

세상에 투정 부리러 왔냐고
통증 밀어내며
내 몫이 아니라고 거부한다

미안했다
고통을 줄이려 아닌 척
마음을 한 스푼 떠서 다른 이에게 보낸다
다른 이는 또다시 다른 이에게
자꾸 덜어낸다

코로나 고놈
해독할 시간이 필요해

내소사

산문 안으로 이어진 길을
걸어가다가
그대 보고 싶은 속마음
바람이 알았는지

전나무길 따라가는 길에
진언이 산딸기로 무수히 떠 있고

달빛 따라 조근조근 들려주는
내소사 꽃살문 부처님 말씀

한숨 쉬지 마라
맑은 눈을 가져라
천천히 걸어라

돌탑에 작은 돌멩이 올려놓고

작은 새가 총총 걸어
그 모습 따라
발걸음 세워봅니다

무심천 벚꽃

무심천을 전기코드에 꽂는다

불이 환하다

벚꽃 핀 봄밤

밤새 켰다고

누구도 지청구 않는다

물소리도 연분홍빛이다

하늘도 가끔은 구름밥을 먹는다

구름 한 스푼 위에 풋나물 얹고
고운 잇속에 넣는
하늘은 아청빛이다

새들의 재잘거림에
살풋
오선지가 그려지고

리듬에 맞춰
햇살에게 소풍 갈까
바람에게 안부를 묻는다

산비탈에
그려진 구름의 그늘
하늘은 구름밥을 먹는 중

먼 길로 휘돌아 가는 강물이
얼른 몸 비틀어 체한다고
재촉한다

흰 구름밥 먹고 강물 마신 하늘
팽팽하다

명품 애호박 말하다

떨어진 운동화 위 햇살이 토핑을 한다
짭조름한 소금기가 배여 있는
시장 좌판 위 몸을 부린
명품 애호박 상표 바람이 먹는다

사투리로 꾸는 꿈은
시원한 꿈은 꾸지 못하고
성냥불처럼 금방 꺼졌다

황폐한 진공 속에서 내부는 수리 중

완전을 위해 두께가 문제인가요?
갇혀있던 투명의 비닐 옷
마음껏 한번
날아보고 싶은 희망 사항
그래도 표지에는 여전히
포기 못 하는 맛과 향

분홍빛에 취해
몸과 한참을 달렸는데
바람이 가위로 자르자
이슬꽃이 사방으로 터져 나갔다
명품 애호박 손을 흔든다

하염없이

조불조불 웃고 떠드는 아이들이
무심천 개나리와
별들의 마을에서 책을 펼친다

물의 혀들이 땅속 깊이 내려가
퍼 올린 이야기를
아이들과 개나리가
조용히 듣고 있는 동안

바람은 물 귓바퀴를 돌려
하염없이
꽃을 피워 놓았다

2부

바람의 손목

풀잎의 언어

사람 드문 골목길에서
담 틈으로 긴 손을 내미는

심심할 틈 없이 살아가야 하는
바람의 손짓인가
혹시 나사처럼 산다면
모든 심장에 사랑의 징표를 만들지
너라면 가능한 일

기우뚱거리는 삶이란
카메라 화소만큼 밝아지는 일도
늘 있는 세상의 가치로 남겨지는

푸름도 한낱
아득한 길 위에서 고운 베옷이
스스로 선택한 슬픈 가락보다는
다독다독 살아온 날들 지우는 일이라고

천방지축 바람에 흔들리는 모습도
나만의 질서가 있었다고
말하는 언어들이 풀잎에 내려앉는 저녁

담 너머
풀씨 날리는 한 포기가
바람의 기척을 기다린다

무심천

물억새들이 춤추다
막춤을 춰도 백로는 무관심이다
햇살이 자박자박 내려앉은 무심천
물속 작은 돌 틈 사이
백로가 만나는 세상이 따로 있나 보다
세상과 사람 틈바구니에서
기대고 싶거나 울고 싶을 때
무심천과 손을 맞잡는다
물결 둥글게 만들며 품을 내주는
무심한 척하지만 결코 무심한 적 없다

참빗으로 곱게 빗은 버드나무 머릿결을
앞세운 저 물결
내암리 발원지에서
인차리 노동리 상대리 고은리로
물줄기는 서로를 부르며
목마름 적셔주고 미호천 지나 서해로 간다

우리에게 품을 내어주고
물결도 천천히 제 빛깔로 익어간다지

오늘도 청주 사람과 사람 사이
물길이 트고
삶의 터전을 만들어 준다

마음을 읽어주고 싶습니다

살면서 만난 사람들은
참으로 고운 사람이 많았습니다
때론, 슬픈 사람을 만나
살아온 이야기를 듣다가
함께 울기도 합니다
토닥토닥 해주다가도
이야기가 길면 가끔은 끊어내기도 하고
그런 날은 잠들지 못하고
내일 만나는 사람 이야기는
끝까지 최선을 다해야지 하지만
오늘도 실패했습니다
교과서 같은 대답과 어디선가
본 듯한 명언을 들려줍니다

사람의 마음을 읽어준다는 것은
산등성같이 참 어렵습니다
사람과 사람을 보듬어 줄 수 있는
또 다른 손이 필요한가 봅니다
손바닥을 펴 보여줍니다
실금처럼 새겨진 말들
아프지 않게 긁어 줄
마음의 더듬이 키우라고

오늘도 걸어가는 길 위에서
사람들을 만났습니다
햇살은 언제나 곱고
밀불 같은 사람들이 참으로 많습니다
만나는 사람들이
지극히 행복한 꽃길이면 좋겠습니다

세상 꽃들을 벗으로 두고 싶은 날

운동화 뒤축 걸음이 뒤뚱거린다
꼭 가보고 싶은 곳 못 가는 몸짓

웃고 웃는 자연시간
연초록이 자리 잡은 4월
새 길을 찾아가는 계절이
무릎에서 간질거리고
세상 꽃들을 벗으로 두고 싶은 날

봄날 아버지가 어리석은 고독이 소리 없이
온다던 말씀
천변을 걷고 있다

무심천변 슬픈 몸들이
길섶 풀벌레 소리 묶어두고

봄바람이 꽃잎을 훔쳐 사랑한 만큼
시름이 강물로 흘러가고 있다

청남대

단 이슬 내려놓은
꽃잔디 늦은 아침상을 차린다

나물 지짐 한 접시 내어주는
청남대 바람 위에
사람들이 발걸음을 옮기고

바람에 쏠려놓은 얼굴들이
맑은 햇살에 조근조근
못다 한 언어가 쌓인다
돌고 돌아 돌아온 사람들 속에서
치유의 벗을 얻고

소소한
일상의 품속에서 다시 태어나
숲길을 만들고
꽃길을 만들고
물줄기를 만들어 낸다

그리운 아버지

휘감아 도는 강물에
당신의 이름 불러내 봅니다
댓돌 위에 놓여있던 새하얀 고무신

하얀 두루마기 바람 소리 내며
음성 향교 가시던 모습
감나무 꼭대기 붉은 홍시 따시며 불러주던
낭창하면서도 다정하던 시창은
어린 딸에게 꿈 하나 심어주셨죠

세월 속에
선인장처럼 서로에게 찔리고 찔리던 사랑
너무 깊은 그 사랑이 눈물이라 하던가요
산소 옆 참꽃은 늘 그대로입니다

아버지 시창 하나 불러드릴까요?

그리고 참
당신의 첫사랑 빨간 구두 아가씨는
만나셨나요?

꽃은 꽃입니다

쉼 없이 꽃피워 올리는
사월의 오후

여린 꽃잎은
아무렇게나 피워도 꽃은 꽃입니다

다섯 장의 꽃잎은 서로에게 우산이 되고
꽃술은 꽃잎에게 벗이 되어
서성이게 합니다

어쩌다 고운 바람도
사람과 사람의 옷깃에
환하고 환한
꽃은 이마를 붙여 놓습니다

우리가 사는 세상
쉼 없이 사람을 보듬어 주는
오늘처럼
내일도
꽃피는 날이 되길 바래봅니다

바람의 손목

길가에 늘어선 망초꽃
바람의 나라가 필요하지요

사는 동안 바람의 손목을
붙잡고 울고 싶을 때
짙은 멍울이 서성거렸지요

토끼들이 뛰놀던 자리에
아주 작은 우물이 피어나고
우물 속에서 하루살이의
모습도 한없이 부풀어 오르지요

숨소리까지도 먹먹함으로
문고리에 걸어놓고

열병처럼 오르던 혈압이
압정으로 누르고 나서야
조심조심 발자국을 떼고 있어요

참으로 빛나던 한여름

이 가을 고갯길 가기 전
바람의 손목시계가 다시 돌고 있어요

가족

변산반도 너럭바위
양반다리로 앉은 손주 녀석
숨어버린 돌게 나올 때까지
무작정 기다린단다
웃음보가 터졌다

오랜 숨바꼭질 끝에 돌게 잡았다
물병에 넣어 방으로 돌아와
손바닥에 올려놓고 연분홍 얼굴이다

물놀이하려고 바닷가에 나가는데
돌게 놓아주며
-할머니
우리도 가족과 함께 있음 행복하지?
그래서 보내주는 거야

우리 모두 함박웃음
밀려오는 바다 물꽃이 더 푸르고
변산반도가 환하다

오십에서 육십 사이

사각의 집에서 허기를 채우고
거실에 누워 사이클 탄다

무릎에서 뚝뚝 소리가 나고
허공에 떠 있는 발바닥이
천장에 살고 있는 전등에게
눈빛을 보낸다

읽는 속도보다 빠른 발은
달리지 않으면 곧 지고 마는

미원 쌀 안골 농로길 걷는다
꽃들의 잔치가 펼쳐진 잎 사이
은비늘 춤사위가 때론
물결 같은 시간을 익혀낸다

눈물과 웃음을 저울에 달아본다면
인생은 더하지도 덜하지도 않은
그 길을 이제야 알 것 같다
오십과 육십 사이

산막이옛길

굽이굽이 휘돌아 가는 길
푸른 강물에 소소한 이야기를
적어두고 또 적다 보면
넓은 길은 넓은 대로
좁은 길은 좁은 대로
다투지 않고 걸어가는

산막이옛길에선
바람도 구름도 입단속 시켜라
자연을 함부로 말하지 마라

천상에서 내려앉은 연화담
관음보살 닮아가라 하고
물소리 가득한 호수에
연리지 사랑 익어가는
산꼭대기 운무는 이제는 마음을
내려놓으라 한다

산막이옛길에 서면
새처럼 날개가 돋는다
구름처럼 하얗게 웃을 수 있다
바람처럼
비탈도 내달릴 수 있다

모충교 지나며

하늘 꼬리를 물고 내려온
구름 한 자락
지나는 바람이 냉큼 먹는다

집어등처럼 줄지어 서 있는 가로등
무심히 흐르는 물줄기
난간에 회색빛 다리 담그고
하늘만 만져본다

두 연인이 바람에 갇혀
다리 위에서 사랑의 약속을 받아 적고 있다

빨간색 반바지에 흰색 티 입은 사내가
핸드폰 숫자를 누르며 싸울 듯 말하며 지나가고
꼬리에 꼬리를 물고 달리는
헤드라이트 빛은 시나브로 사라졌다

자전거를 탄 여인이
시장에서 걷어 올린 푸성귀 싣고
아파트 숲으로 숨어들었다

구름 먹은 바람이
무심천변 풀들과 토닥거리는 사이
개망초 얼굴엔 달들이 무수히 뜨고
피아노 건반 위로 푸른 신호등 깜박인다

관객

중앙동 소나무길 건너
무대 위 가수를 따라
목젖이 다 보이도록
따라 부르는 노래
노래자랑 초대권이 주머니 속에서 안달이다
사람들의 슬렁거림과 솔 향기가
푸른 꿈도 아닌 갈등을 버리라 한다

하얀 현수막의 바람을 타며 웃던 사내가
등장하자 박수가 흔들린다
의자에 앉은 사람
서 있는 사람
풍성한 웃음 속으로 보내진다

순식간에 끝나버린 텅 빈 광장
주인 없는 꽃 한 송이가 객석에서
물끄러미 하늘을 향해 있다
잠시 후 노란 비닐봉지에 수거 되었다

허기를 부르는 솔 향기
천천히
소나무 길을 내려온다

운수 좋은 날

청소를 한다
책상을 닦고 사각의 컴퓨터 얼굴은 만진다
책장 속은 빨간 비닐 털이개 춤추듯
책 사이로 지나며 털어내자
바다의 시집에서는 물고기가 떨어지고
사기열전에서는 옛 이름이 튀어나온다
아버지가 남겨주신 토정비결에서는
운수 좋은 날이라고
워터십 다운에서는 열한 마리 토끼가 집을 세우고
털이개가 아무리 춤을 춰도 못 본 척한다

파란 걸레를 잡은 손은 책마다 기억이 나도록
꼼꼼히 닦아내도
빈약한 슬픔이 밀려오는 것은
잊어버린 시간이 제 품을 떠나지 않기 때문
그래도 오늘을 채울 일들이
내 손에 허락함을 감사한다

감꽃의 하루 일기

감나무 잎 위에서 햇살이 그네를 타는 계절이다
많은 인연의 소리가 자분자분 들려오는
우리가 늙어간다는 것은 지나는 바람도
알고 아파트 창문 옆 감나무도 안다
작은 슬픔을 감꽃에
더 큰 사랑도 감꽃에
하루의 감동은 감꽃을 본다는 것
어린 시절을 읽는 고향의
말간 얼굴이 오늘도 마주한다

이때쯤이면 써레질로 물이 찰랑거리는 무논에서
들려오던 개구리 소리
밀밭에서 밀을 구워 손으로 호호 불어주던
아버지 연두색 사랑 앞에서 깔깔 웃던
감꽃 하나 주워 여린 손주 손에 올려주며
추억을 되새김하는 햇살 고운 날

3부

꽃은 필 뿐

꽃은 필 뿐

꽃등을 달고 걸어간다

한참을 내어주던 맨발가락이
꽃잎을 털어낸다

논에는 물길이 새로 나고
하늘이 찰방거린다
물바구미 행차에
돌미나리 길을 열고
실지렁이도 둑길에
항아리 빚어 놓는다

햇살은 사방사방 날갯짓하고
둑길 조팝꽃
펑펑 터지는 하얀 기억들
자근자근 들려오는 듯
간지럼 태우는 바람은
꽃을 수놓으며 지나갔다

나는 너의 향기와 웃음이 다칠까봐
보랏빛 꽃밭에서
조심스레
한마디 말을 건넨다

꽃은 필 뿐이라고

청주역

대합실은 평범한 날도 설레게 한다
마법 같은 시간을 노래에 담아
덜컹거리는 소리만이 저녁노을에 물든다
들녘의 부드러운 바람이
발자국 소리를 내며 제각기 집으로 향할 때
천천히 선로를 지나 세상을 걸어가는 사람들 사이

만삭의 부부가 대합실을 나가려고 할 때
산모의 가방을 받아들고
아버지는 딸의 손을 잡고
단풍 같은 손주 모습을 가슴에 담아본다
돌아갈 때는 대합실에 예쁜 세 식구가
참으로 고운 노을과 웃음꽃으로 활짝

청주역 노을빛을 대합실에 그림으로 걸어놓고
제천으로 가는 기차엔
놓친 마음도 실려 가고

바람의 일상

봄이 어깨를 펴고
민들레 꽃잎에 우주를 세워 봅니다
사람들은 그 길 속에서
희망이라는 밑동에 넣어두고
기억하려 합니다

새로 새긴 정감이라는 호텔
환갑을 넘어 보이는 인부가
벽을 타며 페인트칠을 합니다
옆 건물 벽에는 푸른 담쟁이 잎들이
팔을 뻗어 손바닥을 짚고
무한으로 밀고 당기며 연두색 칠을 하고

바람이 기웃대다가
서로에게 힘이 되어 밀어주는
잎 옆에 바람 또 옆에 바람으로
앞서지 않고 오르는 한낮
곁님에게 한 편의 시를 보냅니다

고운 날 드려요

꽃그늘에서

무심천변 너럭바위는
흐르는 물도 흘러가는 구름도
쉬게 만듭니다

꽃의 그늘에서는
멈춤도 고요하게
시간의 시간표가 없습니다

햇살이 아무리 부지런해도
한 폭의 그림을 그리려고
붓에 물감을 칠할 때도
더디게 합니다

바람이 무심천변에 달려든
지난 약속은 잊기로 해요
그저
꽃그늘에서 반성도 늦어진다고 말하지 마세요
혈관 속에서 꿈틀거리는 꽃잎 하나 꺼내
꽃나무 만들기로 약속했잖아요

세상일은 자로 재어 보는 게 아니라
스쳐 지나가야 하는 바람의 손을 잡는 일
멀리서 오는 꽃 안부 같은 것

사과나무 아래 냉이꽃 피다

종친이 사과나무꽃이 피었다고 섯 조용히 오란다
굽 낮은 구두를 신고 달려갔다 바람 한 점 없는 오후
햇살을 받은 하얀 꽃잎이 승무 춤을 추면서 냉이 꽃길
사이로 걷고 있었다
온몸으로 햇살 받으며 사과나무는 하루치 일기를 적는 날
무심히 웃고 있는 냉이 꽃잎 세워놓고 하얀 구름 떠가
는 파란 하늘
눈이 시린 낮 별꽃 수놓은 냉이꽃 위에 하얀 사과나무꽃
지나는 나비와 천상의 화원을 탐하였다

바람이 초대한 눈부신 사월이었다

휴일

오늘을 꿈꾸지 않는 날이 있나요

부끄럼도 없는 창문을 열고
싱싱한 자유로 꽃을 피워요

불어오는 바람의 마음을
꽃등처럼 귓불 걸어두고
어제저녁 씻어놓은 상추에서
말랑한 시간을 보네요

오늘만큼은
나에게 줄래요?
계산하지 말고요
무한의 꽃을 가슴에 달게요

우리 모두 꽃처럼 피는 날 아닌가요?

비양도

선문대 할망이
푸른 발목을 붙잡고
포말이 이빨처럼 웃는다

눈부신 얼굴로
발자국마다 찍히는
파도의 말
반가워요!

제주 바다는 우리를 품고
누워 하늘을 본다
파도의 날개가 나비가 되어
가슴에 와 붙는다

여기 나의 삶을 적어놓는다

그냥 살다 보니 살아진다는
진리 앞에 날아온 섬이 아니라
힘차게 날아오르는 섬 되라고
비양도가 거친 파도로 밀어준다

제게도 애인이 있었습니다

옷 수선집
길게 찢어진 청바지
무릎 위에 다정한
연인의 모습이 박음질 따라
곱게도 붙여진다

뜨겁게 살다 간 그 여자
언제나 수국꽃 웃음 달고 살았던 그녀
아끼던 청바지 선물이라는
말들이 꽃잎처럼 안긴다

마른기침은 떠나고
바람으로 글을 써 보내
내 정수리에 박음질 된다

다 됐습니다
옷 수선집 나서는데
달빛이 오목하다

천 개의 손

모진 사랑 앞에서 그토록
아프던 시집살이 우듬지 감처럼 붉은 세월은
강물로 흐르고 검은 돌 위에 써놓은
당신의 고단한 날들
당신께는 자식과 돌봐야 할
세상 사람들이 많았습니다

질긴 몸뻬 입고
머리에 흙 묻은 싱싱한 파단이
언제나 얹혀 있었지요
아무것도 없는 시어머니는
늘 많다고 하시던
천 개의 손 어디에 두었나요

만 개의 시를 써도 모자란 당신

당신의 살점을 조금씩 조금씩 파내어
먹고 살아온 자식들
일개미처럼 살아온 세월 속
달그락거리던 밥그릇

모주 한 잔으로 풀어낼 수 있다면
마중물로 원 없이 드리겠습니다
하늘에 별이 있다면
꽃보다 아름답고 환하게 세상을 비추던
나의 시어머니

숨바꼭질

두 사람이 보폭을 맞추며 걸어갑니다
바람도 바라춤을 추며 따라갑니다
서로가 생각의 터널에서 빠져나온
긴 호흡의 언어가 발끝을 세웁니다

초침도 늦어지는 가을날의 아쉬움
쉼 없이 사라지는
하느님도 모르는 일
두 사람이 숨겨놓은 일기장 속에서는
사랑이라는 일상이
꽃처럼 다시 필까요

아님 파스처럼 아픈 날은
침묵이 늘어가는 시절로
가을날의 꽃들에게
말할까요

가버린 날도
흐르는 강물이었다고
손가락의 지문으로 웃고 있습니다

연가

낙엽이 숨겨놓은 마음
가만히 한 장 읽다 보면
세상 모두에게 전해주는
너의 슬기로운 시간

바스락거리는 말소리에
귀담고 듣는 일도
너의 붉은 심장에 보석처럼
박혀있는 따스한 봄날 추억
골목길도 늘 초록 등불로
달아주었지

달빛 소리 우듬지에 걸려
함께 듣던 실바람
낱장마다 그려놓은
낙엽의 발자국

고봉밥 위에 앉은 가을

길가 허름한 집에도 고운 단풍이 찾아들고
하얀 분가루 온몸에 바른 누런 호박이
철퍼덕 앉았어도
아무런 탈이 없는 조용한 날입니다

천변 벚나무 고운 햇살이 우듬지에 걸터앉아
지난 벚꽃 피는 소리 담아 놓던
바람 소리도 그저 고요하기만 합니다

그대가 말하지 않아도
약속도 없이 햇살은 덤을 주고
인정스레 웃고 있는 들꽃들이
걸음마다 들려주는 싱싱한 시절 이야기
담아 놓는 쟁반 위로 붉고, 노란 연서가
가득 쌓여갑니다

피아노 오선지 위에 젓가락 행진곡이
벼 이삭 걷어 올리는 맑음의 시간 속으로
달려오고

푸성귀만으로도 만찬이 되는 저녁 식탁
어머니의 주름살이
젓가락 장단에 펴지고
통통 여문 웃음꽃이
고봉밥 위에 앉는 가을입니다

가난하지 않지만 가난하다

살아있어서 저녁을 맞는다
함께 살던 자식들은 제자리 찾아가고
동고동락하는 사람은
늦는다는 카톡이 말 대신이다
냉장고 앞에서 서성이는
손과 손 사이에
손목이 불쑥 상을 차린다
밥상 위 반찬들이 짠한 눈빛으로
위로하는 척 냄새를 풍긴다
내 눈은 고운 얼굴들 들썩이는
티브이로 옮겨가고
눈과 손이 따로 노는
마음이 마르는 빈약한 식욕에
바람만 몇 수저 뜬다

항구에 스며들다

민어는 꿈꾸다 눈 이슬 내린다
네가 듣던 풍장소리 들리니
고요 보다는 시원한 파도가 너를 춤추게 했지
행복을 꿈꾸던 너만의 시간들이
쌓여가는 그리운 바다
우리는 네가 아는 유랑자에 불과해
산소를 숟갈로 떠먹고
심장은 사랑합니다
부르는 1% 아이큐

다리가 한자라 한치라 부르는
뽀얀 다리 꼬고 살결은 순백이라
한 치 앞도 모르고 사는
우리와는 사촌쯤 해두자꾸나

붉은 꽃 천 개의 손을 가진 관음보살 닮은
으뜸의 대게
미식가는 뜯어보며 감탄하면서도
세상 살펴볼 둥근 몸을
섬처럼 바라볼 뿐이다
그러나
우리의 분쟁은 젓가락 사이로 시작이다

세조길

산새들이 앞장서서 걸어가며
부처님 말씀 들려주는
나무손도 진언을 받아쓰고
나도 따라서 손에 적어본다

사람 사는 곳에서 부대끼며 살다가
마음의 고요를 찾는 길
욕망도 잠재우고 푸른 꿈을 꾸게 한다

마음을 다듬는 일이 필연이라며
바른 언어로 입술을 헹구던 바람도
깃털이 된다
여기서는 누구도 혜안이 깊다

물소리 신이 나고 푸른 숲은
봄은 봄대로 여름은 여름
가을은 가을대로 겨울은 겨울
과언무환 세계로 이끌어 준다

*충북 보은군 속리산 숲길

4부

사람들 사이

동백꽃

경로당 앞마당에
아이들이 붉게 피었다

담벼락에 기대앉은 노인이
나비 한 마리 동백꽃 수술에 얹어 놓는다
햇살은 자유로이 동백 가슴을
넘나들고

노인의 기억이 헐렁해진 그때
꽃밭이 붉게 피었다
절명의 순간에
간절하지 않은 기도는 없다

관절 꺾이는 소리에
동백꽃이 뚝뚝 떨어지고
투덜대는 무릎에 꽃물이 든다

경로당 앞마당
동백나무는 여전히 붉고
아이들의 웃음소리에
동백꽃 까르르 웃는다

사람들 사이

지하철 5호선 사람들의 뒤축이 빠르게 움직인다

고향을 떠난 날을 기억하려 손을 펴지만 젊은 남자의 몸에 밀려 휘청거리는지 지하철이 흔들리는지 알 수 없는 일 톱날을 밀고 당기는 공사현장을 지나 검은 옷을 입은 손목에 붉은 타투가 살짝 보이는 일식집 젊은 주인이 초밥 대신 벚꽃 입힌 술잔으로 인사를 한다

서울인가 도쿄인가 벚꽃 잎이 그려진 검은 젓가락질에 신중하다가 벚꽃 잎이 가라앉은 국물로 휘젓는다 여인의 튜브 같은 허리에 물고기 한 마리 헤엄쳐 나가고 벚꽃 그림 국그릇에 허기를 채우며 사람들 사이 내 발목도 인사를 한다 삐끗,

물결

프라이팬 위 동그랑땡
지글지글
둘러앉은 식구들 스캔 뜨고
맛나다고 입맛 다시는
섣달그믐날

뜨거운 지짐보다 더 뜨거운 시간이
식구들 사이 끼어 앉고
남편들의 흉으로 책 한 권이 편집되고
인기 없는 글들은 곧 마무리됩니다
땅끝마을에서 올라온 유자차 한 잔
새콤달콤함으로
딸들의 어깨가 조금은 펴지기도

오동나무 한 그루 심어놓고
긴 편지 담은 꽃 실타래
엮는 마디마다 부모님 당부
잘 살아라 몸 성하라

맷방석 같은 세상을
끝없이 어루만지며 일생을 사신 당신들
다시 딸들에게 잔물결 얹어
섣달그믐날 눈발로 오십니다

성안동 거닐다

만나는 사람마다 웃음 향기 넘쳐나고
발길 닿는 곳마다 천년의 역사가 살아있는
경제도시 일번지 성안길*
청주읍성, 동헌, 청녕각, 철당간
망선루, 충청병마절도사, 충신을 구한 압각수
한봉수 장군이 이끈
3·1만세 운동자리 남주 소공원
땅속에 묻혀 있는 남석교,
행정의 중심 충북도청

전국 제일의 육거리 종합시장
연둣빛 사랑이 햇살 아래
살아가는 온정의 손길
세상을 살펴보게 하며
힘찬 걸음으로 새롭게 피워낸다

상추쌈에 삼겹살 올려 함박웃음 짓는
서문 삼겹살거리, 우리의 맵시 한복거리
화합과 협력으로 희망의 씨앗 되고
맑은 고을 청주의 마중물
꿈의 날개가 솟는다

*충북 청주시 상당구 성안동

무소속

만장 같은 현수막이 출렁거린다
출렁다리를 건너는
산행은 어지럼이 늘 앞장선다
선거유세장으로 끌려다니는 바람처럼
사람들이 모여 있다

비장한 바람도 솔바람도
별로 소득이 없다

시험지 같은 투표지 들고 사람 人 자을
꾹, 힘을 주었다
우리는 유권자다

물 한 잔 먹고 팽팽한 저울질을 본다

짐

당나귀의 걸음으로
시간의 짐을 나른다

상대의 힘을 빼야 한다고
짐들이 아우성이다

아버지의
어깨가 들썩인다

짐들의 무게만큼
기울어진 세상

걱정 말아요

바람이
보도블록 사이 냉이에게
스웨터 올 같은 제 몸 풀어 보냅니다

사람과 사람 사이
소독된 세상은 변함없이
맑은 눈으로 씻겨주고

골목에서 골목으로
KF94 마스크가 순간
유령의 그림자로 사라지고
유리창마다 어른대던
겨울 입김

그러나 걱정 말아요

냉이는 꽃향기 내어주고
사람들은 사랑으로 사랑을 이어가며
수조에 갇힌 방어는
바다로 나갈 채비를 합니다

꽃바람이 온 지구에
불고 있습니다
걱정 말아요
노란 봄이 기적처럼 올 테니

가족관계부

주민센터 창구에 번호 쪽지를 내미는 여인
직원이 정해진 업무만 하는 시대는 옛이야기다
필요한 것을 구입해 왔다고 시장 속 이야기 풀어 놓는다
살아온 이야기 한참을 듣던 복지 상담직원은 컴퓨터
화면 띄운다
적어놓은 것이 서류가 되고
주민센터도 가족이 되는 시간이다
서로에게 다독이면 꽃비가 내린다

육거리 골목 생선가게 가판대 위 방울토마토
대파가 길게 누워 갈치에게 바다 소식을 듣는다
백발의 할머니는 무를 달라고 조르고
목청껏 외치는 젊은 생선가게 주인은 무심하다
할머니의 무-우 소리는 고등어만 들을 뿐이다
따라온 손자가 무를 바구니에 담고 계산을 한다
할머니의 고운 미소가 손자의 옷깃에 분홍빛으로 핀다

서로에게 가족관계부가 작성된다

택배

바람이 집 주소 좀
알려주면 좋겠다

구름솜사탕 한 박스 부치려고
아무리 기다려도
알 수 없어 무심천 깊이를
손가락 길이로 재보며
빈둥거리는 참이었다

잠방거리며 물 위를 걷던
소금쟁이가 알고 있는지
말간 얼굴로
연실 앞발을 씻으며

가벼운 긴 뒷다리로
언덕 넘어 군 냇가로 328-4
번지수까지 알려주는 센스에
함박웃음 짓던 날

함께하는 밥상

눈썹을 갈매기로 만들며
개펄에서 캐어낸 백합 조개가
혀 내미는 시간

바다가 불러온 파닥거리는
마음을 허기로 채우는
짭조름한 질문

아버지 어머니 형제들
늘 저녁이면
밥상에 동그랗게 숟가락
놓여있던 자리

누가 반찬 하나 더 먹을까
투정도 부려보고
살짝 만만한 반찬
막내 숟가락에 얹어주며
슬슬 우리가 어른 되어 가던 시절도

바다는 모든 걸 알고 있을 것이다

물고기자리를 찾아
종일 기다리는 저녁
사무실 건너 개나리가 한창이다

충주 집에서 엿듣다

청주사람이 충주에서 일하고
청주 충주집에서 삼겹살 굽는다
벌거벗은 몸으로 불판에 누워
잊어버린 허벅지 찾는 동안

남자 셋이 소주 한잔에 이등병 시절 이야기로
내 분홍빛 앞가슴 타는 줄도 모르고
노릇노릇한 세상 마음껏 호기만 부린다
퍼 올려 만든 빈 술잔의 진부한 말들 늘어만 가고

소주 5병을 먹고 각 2병은
마셔야 한다며 1병을 더 주문한다
호기는 청춘인 양 붉은색으로 익어가다가
고향에 뿌리내리고 식구 늘린
우리가 애국자라는 소리에
잊어버린 내 허벅지 움켜잡았다

밥까지 먹고 가라는 주인 여자

하루 끝은
구수한 된장국 한 사발 차려내는 마눌님이 최고라며
자리를 털고 멀어져가는 남자 셋
등짝이 참 단단하다

이름은 나중에

저는요
어릴 적부터 작은 얼굴로
미식가를 애인으로 두었지요

그래서
늘 푸른 마음으로
담장도 넘고요
나무도 잘 타요
물론 흙도 무한정 사랑하구요

오늘은 회인에서
세상 구경하려고 버스 타고 달려왔어요

여긴 육거리 시장입니다
하트 날려요

저는
호박잎이래유

저녁쌀 안쳐놓고

살피꽃밭에서 만난
벌레가 조용하다
슬며시 다가가서
꽃들에게 속닥인다
오늘 별이 뜨니?
아무 대답이 없다

그때 벌레가 움직인다
발목까지 덮어있는 꽃잎이
구두가 되어 거실로 성큼성큼 들어와
식탁에 앉은 벌레
달그닥거리는 밥솥에게 말을 건다
숟가락 좀 줄래
밥솥은 긴 팔을 만드느라
땀이 송송하다

저녁쌀을 안쳐놓은 나는
별이 뜨는 것도 잊어 버렸다
김치냉장고 속
어둠의 벌레는 아직도 조용하다

꽃피는 날

아직은 음력 2월
구순의 엄니는 마루 끝에 앉아
잔소리한다

마늘밭 비닐 걷고 거름 주어라
감자 심고 보온 되게 짚단으로 덮어라
상추, 오이, 토마토, 모종 심게
이랑 넓게 만들어라

봄볕보다 더 귀가 간지럽다고
고운 흙이 발등을 찬다
흙먼지가 다시 흙이 되어
밭두렁에 앉는다

흙의 자궁에 심어놓은
엄니의 씨앗들

매년 반복해서 심는
푸른 시절 엄니의 꿈이
음력 3월이면 마당귀에서
꽃처럼 자라 반짝일 것이다

그러나
서정의 목소리가 툭툭 들리는
대추나무 한 그루 가꾸고 싶은
내 마음은 엄니는 모르는 일

종지봉 품고 살아가는 사람들

마을과 마을 잇는
복호, 서당말, 솔개울, 범말, 진복골, 사오랑
의자 같은 그곳에서는
인향이 넘치고 푸른 산과 맑은 물이
잔치를 열고 있는 그곳

싱싱한 바람 소리 말간 얼굴로
인심 좋은 사람들만 모여 사는
내 고향 문암리*

아직도 서당에서 복사꽃 같은 아이들
글 읽는 소리 청아하게 들리는 듯
솔개울, 복호 고운 리듬
실개천 따라
농자는 천하지대본이라는
충청북도 첫 비닐하우스 세우고
붉은 토마토 알알이 농사짓는 곳
사오랑, 범말 다산의 전설 진복골
그렇게 종지봉 품고 살아가는

물 한 그릇 마중물로 채워가며
새로운 모습 나날이
인정 담은 햇살 물길 닿는 곳마다
옥토가 되어 여문 씨앗
날개 펴고 날아오른다

날마다 성장하는 문암리 사람들
연둣빛으로 희망의 날개가 솟고
꽃을 사시사철
무지개 입술로 피워 올리는
내 고향 문암리 사람들

*충북 음성군 원남면 문암리

풍경風景을 경전經典으로 읽는 시

나호열(시인·문학평론가)

풍경風景을 경전經典으로 읽는 시

나호열(시인·문학평론가)

들어가며

서용례 시인은 자연주의자이다. 이 말은 무조건적으로 인공人工을 반대편으로 몰아세우는 것이 아니라 인공에 따라 변화하는 자연의 숨결을 세심하게 들여다보는 마음을 지니고 있다는 점에서 그러하다. 생각하는 존재(호모 사피엔스 homo sapience)서부터 출발한 인간은 놀이하는 존재(호모 루덴스 homo ludens)를 넘어서서 도구, 이를테면 AI와 같은 기능을 능숙하게 다루면서 그를 통해 놀이의 재미를 동시에 추구하는 존재(호모 파덴스 homo padens)로 진화하고 있다. 그럼에도 우리는 여전히 그러한 변화 속에서도 고유한 자연의 숨결을 잃지 않으려는 노력을 잊지 않고 있으며 자연과의 교감을 통해 정서의 고양을 꿈꾸고 있다. 그러나 정서의 고양은 오늘날 우리가 마주치고 있는 도덕과 윤리와 같은 가치 체계의 분열과 의식의 혼란 속에서 서정抒情의 영역에 또 다른 각성을 요구하고 있다. 즉 세계(자연)에 대한 완상玩賞에서 벗

어나 자연이 지니고 있는 무위無爲의 숭고함을 인간적 삶
의 내면으로 이끌어 오는 일이 그것이다.

서 시인을 자연주의자라 부를 수 있는 또 하나의 이유
는 시인의 세계관이 학습으로 이루어진 것이 아니라 농경
農耕의 특징으로 볼 수 있는 공동체의 미덕인 두레의 의
식이 태생적으로 체화되고 있다는 점에서 그러하다. 시집
『하늘도 가끔은 구름밥을 먹는다』의 마지막 시「종지봉
품고 살아가는 사람들」은 '의자' 같은 안식처로서의 애향
愛鄕을 표출한 시로 읽히는데, 그와 같은 애향은 시공을
넘어 현재 시인이 살고 있는 대도시(청주)에서의 삶에서도
여전히 '만나는 사람마다 웃음 향기 넘쳐나'(「성안동 거닐
다」)고 있을 뿐만 아니라 '오늘도 청주 사람과 사람 사이
/ 물길이 트고 / 삶의 터전을 만들어 준다'(「무심천」)는 동
일한 의식이 넉넉하게 살아 숨 쉬고 있기 때문이다.

한숨 쉬지 마라
맑은 눈을 가져라
천천히 걸어라

―「내소사」 4연

저 남도의 명찰名刹 내소사 전나무 숲을 걸으며 읊은

위의 시구는 고승대덕의 법어도, 잠언도 아니라 700미터 숲길이 시인에게 들려준 자연의 소리이다. 그 소리는 시인의 선천적 체험이다.

가장假裝과 과장誇張사이의 시詩

가장은 실체를 감추는 것이고 과장은 침소봉대針小棒大하는 것으로서 시를 짓는 일에 있어서 대단히 필요한 요소이기도 하다. 말하자면 실체를 다른 것으로 바꾸는 비유가 가장에 해당되는 것이고, 상상력想像力을 발휘하며 실체를 부풀리는 것이 과장이라고 할 수 있다. 그러나 이러한 가장이나 과장이 지나치게 넘치거나 모자랄 때 교언영색巧言令色의 함정에 빠지는 것을 우리는 종종 목격할 수 있다. 체화되지 않은 달관을 그럴싸하게 피력한다던가, 논리가 결여된 채 무모한 이미지로 채워진 상상의 시는 그 의의를 상실할 수밖에 없게 되는 것이다.

필자 또한 시를 쓰는 사람으로서 예술(시)에 대한 나름의 정의를 가지고 있는데, 그 첫 번째는 모든 작품은 격조格調를 지녀야 한다는 것이다. 쉽게 말해서 막걸리를 와인 잔에 마신다던가, 여름철의 화로와 겨울철의 부채와 같이 (하로동선夏爐冬扇) 때에 맞지 않아 쓸데없는 사물을 비유하는 잘못을 저지르지 않는 것이 격조의 의미가 되겠다.

또 다른 기준을 이야기하자면 뛰어난 작품은 철학성과

독창성, 그리고 유머와 적절한 상상력이 조화를 이루어야 한다는 것이다. 물론 그 모두를 갖추면 좋겠으나 그중의 하나라도 갖추고 있다면 우리는 충분히 그 작품의 가치를 인정할 수밖에 없다. 이는 다른 시인들의 시집이나 작품을 감상할 때도 적용되는 나름의 기준이다.

그런데 서 시인의 세 번째 시집『하늘도 가끔은 구름밥을 먹는다』를 읽으면서—필자는 시인의 다른 시집을 접해보지 않았다—확고해 보였던 나의 관점을 여지없이 깨트리는 시의 영역을 마주하게 되었다. 위에 제시한 시의 요건이 아니더라도 좋은 시의 반열에 오를 수 있음을 증명하는 시집이『하늘도 가끔은 구름밥을 먹는다』인 것이다.

이 글의 서두에 서 시인을 일러 자연주의자라고 명명한 바 있다. 무심한 듯 펼쳐지고 사라지는 풍경이 보여주고, 들려주는 숨소리를 언어로 탄생시키는 힘과 그 힘이 가장도 아니고 과장도 아니며 적당한 섞임이 유장하게 펼쳐지고 있다는 점에 주목했기 때문이다. 시「짐」을 읽어보자.

당나귀의 걸음으로
시간의 짐을 나른다

상대의 힘을 빼야 한다고

짐들이 아우성이다
아버지의
어깨가 들썩인다
짐들의 무게만큼
기울어진 세상

—「짐」 전문

얼핏 가장으로서의 아버지의 고단한 삶을 그린 시로 가볍게 일별할 수 있겠으나 시가 함의하는 파장은 의외로 무겁다. 짐으로 표상된 '시간'은 상대로 지칭되는 모든 존재에게 욕망을 줄이라고 요구하고 있다. 그런 욕망을 줄이지 못한다면 세상은 기울어지고 우리는 균형을 잃고 넘어지고 말 것이다. 시인은 더 이상의 언명도 드러내지 않는다. 단지 우리의 삶은 그래야 한다는 정언판단定言判斷을 적시할 뿐, 어떤 수사修辭도 내비치지 않는 절제미를 보여주고 있다.

그렇다면 서 시인의 시를 어떤 행로로 따라가야 할까? 이 글을 읽는 독자들을 위해서 오래전 필자가 발표한 글의 일부분을 옮겨 보기로 한다.

좋은 시는 독자에 맞추어 언어의 수준을 낮추는 시가 아니라 언어에 맞추어 독자의 수준을 높이고 자신의 정체성을 찾기 위한 방법으로 시를 취한다. 시인은 먼저 글을 쓰는 사람으로서 세상을 바라보는 눈이 맑아야 한다. 시인은 산정상에 오르기를 희망하는 자이다. 산정에서는 사방을 멀리 조망할 수 있다. 우리의 삶을 깊고 넓게 조망하기 위해서는 남다른 사색의 내공이 필요하고 그 사색의 결과를 담아내는 그릇인 스타일(문체)의 조련이 필수적이다.

—「'좋은 시'라는 유령을 찾아서」(『시와 정신』 2016년 여름호)

　자연주의자로서의 정체성正體性, 그로부터 이루어지는 세상을 바라보는 맑은 눈, 남다른 사색의 내공, 가장과 과장이 없는 문체를 시집 『하늘도 가끔은 구름밥을 먹는다』를 통해 맞이할 수 있는 독자는 행복한 사람임이 틀림이 없다. 그 징표로서 시 「염전」은 모든 생명에게 필요한 약이면서 독인 '소금'을 만들어내는 바다와 햇빛의 수고로움을 오롯이 받아들이는 포용의 미학을 보여주고 있다고 생각한다.

바다에 떠돌던
나는
사람 사는 곳이 그리워
그리워서

눈물 한 방울까지

한 무더기
소금꽃으로 피워내

사람들 닫힌 문 힘껏 열어
바다를 한 아름 안겨주었습니다

―「염전」 전문

한마디로 서 시인은 일상에서 펼쳐지는 풍경들을 객관
적 상관물로 삼고, 그 객관적 상관물의 속성을, 지나치게
감정을 이입시키지 않는 거리 조정을 통해 우리의 삶과
동일시하게 만드는 절제의 미학을 구현하고 있다. 또 다
른 시 한 편을 감상해 보기로 한다.

마음의 속을 겹겹이 비운
대나무 한 그루

별일 아니야

바람 세차게 불어도

아프다는 말도 못 꺼내고
첫사랑 떠난 시린 날들
몸속 없는 나이테로 감긴다

어디쯤일까
반의반 조금이라도 남은
저 빈 대나무 속울음
그 속을 걸어가 본다

아쉬움에 비운 그 자리에
슬픈 노랫말이 이명처럼 들리고
첫사랑 발자국이 옮겨 앉는다

손톱에 물든 봉숭아 물이
뚝뚝 떨어지는 소리에
어쩔 수 없이 흔들리는 붉은 꽃잎

담장 앞에 당당히 서리라
음률을 털어내는 저 댓잎 소리

별일 아니야

―「외로워 마라」 전문

이 시는 대나무의 속성인 올곧음과 비어 있는 속을 통해 상처받은 어떤 이의 슬픔을 그려내고 있다. 차마 입으로 담아낼 수 없는 이야기들을 우리들은 가지고 있다. 그러나 세상사는 우리에게 꼿꼿하게 서 있는 대나무로 살아야 한다고 권유한다. 시「외로워 마라」는 우리에게 다가오는 온갖 슬픔도 별일 아니라고 위로의 마음을 전하고 있는 것이다.

이와 같이 시인이 전하는 애이불상哀而不傷의 지극함을 대나무의 청청함으로 극복하는 자세를 무엇으로 견줄 수 있겠는가. 이와 같이 사물이나 현상의 본질을 꿰뚫기 위해서는 맑은 눈(심안 心眼)이 필요하다. 아인슈타인은 세상을 보는데 두 가지 방법이 있다고 하였다. 그 하나는 우리의 삶에 기적이 없다고 생각하는 것이고, 다른 하나는 모든 것이 기적이라고 생각하며 사는 것이라고 하였다. 서 시인의 심안 또는 시심詩心은 선악善惡의 분별심을 버림으로서 세상 사는 일을 기적으로 바라보는 데서 출발한다.

쉼 없이 꽃피워 올리는
사월의 오후

여린 꽃잎은
아무렇게나 피워도 꽃은 꽃입니다

다섯 장의 꽃잎은 서로에게 우산이 되고
꽃술은 꽃잎에게 벗이 되어
서성이게 합니다

어쩌다 고운 바람도
사람과 사람의 옷깃에
환하고 환한
꽃은 이마를 붙여 놓습니다

우리가 사는 세상
쉼 없이 사람을 보듬어 주는
오늘처럼
내일도
꽃피는 날이 되길 바래봅니다

—「꽃은 꽃입니다」 전문

이것과 저것을 가르고, 좋고 나쁨을 나누는 오늘날 분쟁의 일상에서 '아무렇게나 피워도 꽃은 꽃'이라는 시인의 마음은 저 명나라 때 이탁오李卓吾가 주장한 동심설童心說에 닿아 있다. 동심설을 간단히 요약하면, 어린아이의 마음은 분별심을 갖지 않은 것으로서 도덕과 윤리의 간섭이 없는 것으로 시심 또한 그 마음과 다를 바가 없다는 것이다. 그래서 '아무렇게나 피워도 꽃은 꽃'이라는 생각은 차별이 없는 세상을 꿈꾸는 일과 다름없다. '우리 모두 꽃처럼 피는 날 아닌가요?'(「휴일」 부분)라고 묻거나 '서로에게 다독이면 꽃비가 내리고… 서로에게 가족관계부가 작성되'(「가족 관계부」 부분)는 상생相生은 꿈꾸는 자(시인)에게만 찾아오는 기적이다. 서 시인은 앙드레 말로가 말했듯이 '오랫동안 꿈을 그리는 사람(시를 쓰는 사람)'으로 마침내 그 꿈을 닮아가는 경전을 쓰고 있는 셈이다.

풍경에 숨을 불어넣는 문체文體

그리하여 시집 『하늘도 가끔은 구름밥을 먹는다』는 휴머니즘을 넘어 시인에게 다가오는 모든 풍경에 생명의 숨을 불어넣는 일관된 의식을 보여주고 있다. 세세하게 그 예들을 열거할 수 없어 몇몇 문장을 더듬어 보는 것으로 대신하고자 한다.

산비탈 새하얀 나비 떼가
노을 저편에
구름처럼 앉아있다
—「구절초」 부분

*구절초를 나비로 비유하면서 더 나아가 어머니를 어느새 사라져버리는 구름으로 인식한다.

물을 밟고 건너가던 달도
제 옷자락이 젖을까 꼭꼭 말아쥐지만
—「대청호에서 반딧불이 만나다」

*물에 언뜻 비치는 달의 움직임을 표현

사람 드문 골목길에서
담 틈으로 긴 손을 내미는
—「풀잎의 언어」

*틈 사이에 뿌리를 내린 풀꽃의 생명력

하늘 꼬리를 물고 내려온
구름 한 자락
지나는 바람이 냉큼 먹는다
—「모충교 지나며」

*순간순간 형태를 바꾸는 구름의 움직임을 포착

바람이
보도블록 사이 냉이에게
스웨터 올 같은 제 몸 풀어 보냅니다
―「걱정 말아요」

*필사적으로 틈을 비집고 나온 냉이와 무심하게 스쳐지
나가는 바람과의 교감

　간략하게 몇 편의 시의 구절을 제시하고 그 의미를 살
펴보았는바 부동不動 또는 정지停止의 사물이나 풍경을
수동태에서 움직이는 실체로 시각화함으로써 각각 분리
된 개체로서의 자연이 아니라 인드라망으로 연기緣起된
세계임을 드러내는데 탁월한 재치를 보여주고 있다고 말
할 수 있다.

　물론 이와는 다른 측면에서 인간관계를 다룬 시편도
있다. 공연장 객석에 버려진 꽃다발을 보며 스스로 '나는
누구의 관객인가'하고 되묻는 시 「관객」, 오늘날 사회문
제로 대두된 손자 양육의 갈등을 그린 「목단꽃」, 이승을
떠난 아버지를 그린 「그리운 아버지」, 가족 여행의 단란
함을 그린 「가족」, 익명 사회의 불안과 두려움을 표현한
시 「사람들 사이」 등의 시편은 현대사회의 단면을 예리하
게 추적하고 있다고 본다.

결국 시집 『하늘도 가끔은 구름밥을 먹는다』는 자연의 본질인 순정純正함이 사람으로 살아가는 데 절대적으로 필요한 경전임을 깨닫기에 이른다. 그리하여 서 시인이 진실로 바라는 기적이나 꿈은 어떤 조건도 허용되지 않는 아가페적 사랑을 간구하는 것이다. 시「마음을 읽어주고 싶습니다」는 이 시집의 절정으로 간주하여도 무방할 만큼 간절한 시인의 고백이다.

　　살면서 만난 사람들은
　　참으로 고운 사람이 많았습니다
　　때론, 슬픈 사람을 만나
　　살아온 이야기를 듣다가
　　함께 울기도 합니다
　　토닥토닥 해주다가도
　　이야기가 길면 가끔은 끊어내기도 하고
　　그런 날은 잠들지 못하고
　　내일 만나는 사람 이야기는
　　끝까지 최선을 다해야지 하지만
　　오늘도 실패했습니다
　　교과서 같은 대답과 어디선가
　　본 듯한 명언을 들려줍니다

　　사람의 마음을 읽어준다는 것은
　　산등성같이 참 어렵습니다

사람과 사람을 보듬어 줄 수 있는
또 다른 손이 필요한가 봅니다
손바닥을 펴 보여줍니다
실금처럼 새겨진 말들
아프지 않게 긁어 줄
마음의 더듬이 키우라고

오늘도 걸어가는 길 위에서
사람들을 만났습니다
햇살은 언제나 곱고
밑불 같은 사람들이 참으로 많습니다
만나는 사람들이
지극히 행복한 꽃길이면 좋겠습니다

—「마음을 읽어주고 싶습니다」 전문

나가며

시 「오십에서 육십 사이」에 드러난 바와 같이 시인은 아마도 지천명知天命을 지나 이순耳順에 이르렀을 것으로 짐작된다.

눈물과 웃음을 저울에 달아본다면
인생은 더하지도 덜하지도 않은
그 길을 이제야 알 것 같다
오십과 육십 사이

ㅡ「오십에서 육십 사이」끝 연

시인은 이제 관조의 시간 속으로 걸어가고 있는 것이다. '세상일은 자로 재어보는 게 아니라 / 스쳐 지나가야 하는 바람의 손을 잡는 일 / 멀리서 오는 꽃 안부 같은 것'(「꽃그늘에서」마지막 연)이라고 되뇌고 있다. 그렇다면 '서정의 목소리가 툭툭 들리는 / 대추나무 한 그루 가꾸고 싶은'(「꽃피는 날」마지막 부분) 시인의 희망은 어디에서 시의 꽃을 피우게 될까? 다음 시집이 궁금해진다.

하늘도 가끔은 구름밥을 먹는다

서용례 지음

발행처   도서출판 청어
발행인   이영철
영업   이동호
홍보   천성래
기획   육재섭
편집   이설빈
디자인   이수빈 | 김영은
제작이사 공병한
인쇄   두리터

등록   1999년 5월 3일
          (제321-3210000251001999000063호)

1판 1쇄 발행 2024년 8월 31일

주소   서울특별시 서초구 남부순환로 364길 8-15 동일빌딩 2층
대표전화 02-586-0477
팩시밀리 0303-0942-0478
홈페이지 www.chungeobook.com
E-mail   ppi20@hanmail.net

ISBN   979-11-6855-272-2(03810)

이 책은 충청북도 ▮ 충북문화재단 의 후원을 받아
예술창작활동지원사업의 일환으로 발간되었습니다.